Der Fluss Mehadia

Eine Parabel
über
die Kraft des Willens

Vlad Stanomir
April 1983

überarbeitet von
Christa Nehls
September 2015

Die Deutsche Nationalbibliothek verzeichnet diese Publikation in der Deutschen Nationalbibliografie; detaillierte bibliografische Daten sind im Internet über www.dnb.de abrufbar.

© 2017 Verlag Menschin, Mannheim
Grafik: Dirk Henel
Umschlaggestaltung: Barbara Metzler

www.menschin.com
ISBN 978-3-944126-23-4

Vorwort

*„Die Freiheit der Phantasie
ist keine Flucht in das Unwirkliche;
sie ist Kühnheit und Erfindung."*
Eugène Ionesco

Über Rumänien lässt sich vieles sagen, aber eines ist mir als Verlegerin doch klar: die rumänische Denkart ist so klar und doch so versteckt wie der Grund des Wassers unter den Blättern der Seerosen im Delta. Kürzlich fand ich einen rumänischen Autor, der sagte, seine Gedichte seien weitgehend unübersetzbar.

Ich denke, das ist in vielen Sprachen das Problem. Wenn wir das Schöne oder die Natur poetisch Beschreibung, kommen Gefühle und das Herz ins Spiel. Spätestens dann hadert der beste Übersetzer mit den Möglichkeiten der Sprache des Originals und der neuen Sprache. Wie lässt sich das Original so übertragen, dass die Schönheit, die Art des Schreibens und der Gedanken in der anderen Sprache ankommen und angenommen werden?

Sicherlich kennen Sie das Gefühl, dass sich eine Übersetzung schwer lesen lässt. Wir haben mit viel Fingerspitzengefühl und der Kenntnis des Autors von beiden Sprachen das neue Werk bearbeitet und für Sie aufbereitet.

Christa Nehls
Mannheim, September 2015

Phantasie ist wichtiger als Wissen,
denn Wissen ist begrenzt.
Albert Einstein

Voicu war der Abteilungsleiter, ein Mann über fünfzig, er trug eine Brille mit dünnem Rand und wirkte ewig schlecht gelaunt. Ohne jemanden zu bemerken, durchquerte er das ganze Büro. Am anderen des Raumes blieb er stehen, blätterte abwesend in einigen Papieren und fragte nach jemandem, der gerade nicht da war. Das machte er immer so, als suche er einen Grund, eine Entschuldigung. Man sollte nicht von ihm sagen können, er mache Kontrollgänge.

Und wenn er mit einem zu tun hatte, besonders wenn es um etwas Unangenehmes ging, sprach er nie die Person direkt an. Er blieb erst einige Minuten im Büro, sprach mit dem einen oder anderen. Dann warf er im Weggehen dem Betreffenden ganz beiläufig ein Wort über die Schulter zu. So war es auch dieses Mal. Als er am Schreibtisch von Leon Dumitru vorbei ging, gab er kurz und unpersönlich von sich:

„Mitică", die Jüngeren sprach er mit dem Vornamen oder sogar mit dem Kosenamen an, „Mitică, du sollst in der Nähe bleiben, die von der Zentrale werden kommen und mit dir sprechen wollen. Du sollst dich vorbereiten."

„Ja", sagte Mitică und nickte leicht. Eine Zeitlang herrschte im Büro vollkommene Stille. Jeder saß brav vor seinem Schreibtisch, die Nase in den Akten und mit starren Augen. Jeder versuchte aus der Unbeweglichkeit der Kollegen herauszufinden,

9

ob jemand etwas wüsste, ob jemand etwas erfahren oder gehört hat…

Dumitru spielte weiter alleine Schach. Er hatte ein kleines magnetisches Spiel, das genau in die erste Schublade passte. Diese Gewohnheit war ihm aus der Zeit geblieben, als die Arbeitsverhältnisse viel freier waren, und die Jungs gegen Arbeitsende Schach spielten. Zu diesen Zeiten verlor Dumitru immer, aber keiner der Spieler verspottete ihn deswegen. Alle hatten bemerkt, dass das Spiel für ihn einen anderen Sinn hatte. Das Gewinnen oder Verlieren einer Partie interessierte ihn nicht, sondern nur bestimmte Situationen. Diese baute er geduldig in seiner Schublade auf, studierte sie und versuchte sie dann in einer echten Partie nachzuspielen. Diese Situationen, die auf einem materiellen Nachteil beruhten, führten immer zur Katastrophe.

„Warum ausgerechnet Mitică?" brach plötzlich eine Frau die Stille. „Warum denn gerade Mitică? Mitică ist doch…, ich meine, er ist so, wie wir ihn alle kennen. Warum ausgerechnet er?"

Wieder fast fünf Minuten Stille. Dann sprach Max, von dem man wusste, dass er Mitică in allen Diskussionen zwischen den Kollegen verteidigte. Und was er sagte, hatte für alle Gewicht, auch für die Geschäftsführung. Er wurde sehr ernst genommen.

„Wie Mitică ist, spielt keine Rolle. Er ist unser Kollege und Schluss. Warum man ihn ruft, wissen wir alle ganz genau, denn jeder von uns ist schon gerufen worden."

„Eben", ließ die Frau nicht locker, „Die Tatsache, dass man ihn wieder ruft, bedeutet, dass man mehr von ihm wissen will. Und Mitică ist nicht der Mensch, der auch an die anderen denkt. Er denkt nicht daran, dass es auch uns betrifft."

„Ha, ha", rief Iancu aus, ein Angestellter mit fürstlichem Schnurrbart, ein spöttischer, ironischer Typ. „Mitică, ich empfehle dir, an uns zu denken! Auch wenn sie dich schlagen werden, sollst du die Zähne zusammenbeißen und an uns denken! Ha, ha!"

„Ihn schlagen", erwachte auch Viorica, kurz Ica genannt, aus ihrem Traum. Sie war ein Mädchen von gerade einmal zwanzig Jahren. „Warum ihn schlagen? Mitică ist doch ein ganz harmloser Typ."

„Eben deshalb", reizte sie Iancu, „in diese harmlosen Typen kann man kein Vertrauen haben."

„Ja, ja", murmelte jemand aus dem Hintergrund des Büros, „Iancu muss unbedingt einen Blödsinn sagen."

Und damit war das Gespräch zu Ende.

Im Büro nebenan, dem Büro der Geschäftsführung, sprach Voicu mit seinen Untergebenen Lăzărescu, Gheorghe und Elvira Stan. Sie hatten die Bürotür geschlossen, um in Ruhe rauchen zu können. So korrekt Voicu auch sonst war, er konnte das Rauchen nicht lassen. Die Führungsarbeit nahm ihn übermäßig mit, zudem waren in letzter Zeit die Arbeitsverhältnisse ständig im Wandel, dessen Sinn er nicht begriff, so alt und wissend er auch war.

„Die Veränderungen haben mir nie gefallen", meinte eben Lăzărescu. „Kaum wird einer Chef, kommt er mit seinen Ideen und stellt alles auf den Kopf. Hast du dich gerade daran gewöhnt, ist auf einmal schon ein anderer da mit seinen neuen Ideen. Würden sie wenigstens inhaltlich etwas ändern, zum Teufel, die ändern aber nur die Verpackung."

„Ganz sicher werden wir dieses Mal Probleme haben", sagte Gheorghe.

„Und nicht Mitică ist das Problem", stimmte ihm Elvira Stan zu, „nein, Mitică ist zwar ein bisschen seltsam, aber doch nur ein ruhiger Mensch, der an seinem Platz ist, und das tut, was man ihm sagt. Eher hätte ich Sorge wegen der beiden anderen, Iovan und Cristu, denn sie sind unberechenbar. Sie haben großen Spaß daran, dagegen zu sein, dir das Wort im Mund zu verdrehen. Besonders dieser Iovan hat eine starke Persönlichkeit, er ist kraftvoll und imstande, etwas auszuhecken."

„Was denn?"

„Doch, doch", insistierte Elvira Stan, „ich halte ihn für imstande."

Voicu war nicht einverstanden.

„Beide sind gescheit. Man kann mit ihnen sprechen, man kann ihnen alle Aspekte eines Problems zeigen, man kann sich mit ihnen verständigen. Alle beide sind jung, sie haben kein Interesse daran, sich selbst Hindernisse in den Weg zu legen. Sie sind erst am Anfang ihrer Karriere und wollen weiterkommen… Mitică beunruhigt mich. Wenn ich nur wüsste, was in seinem

Kopf vorgeht… Mit ihm kann man nicht sprechen. Er ist glitschig wie ein Fisch zwischen den Fingern. Was er in den Formularen geschrieben hat…"

„Aber was hast du denn geschrieben?" unterbrach ihn Elvira Stan. Sie begannen alle zu lachen.

„Na, Voicu, was hast du denn geschrieben?" bestand auch Gheorghe.

„So ein Blödsinn"; schüttelte Voicu den Kopf. Ich hätte es nie für möglich gehalten, dass man über einen offiziellen Akt spotten kann. Ich bin vom Lande. Wir hatten dort einen gewissen Respekt vor Dokumenten. Der Bürgermeister war JEMAND, der Pfarrer auch. Wenn man Land verkaufte, wurde das mit einem Bleistiftstummel auf einer Seite in einem Schulheft festgehalten. Es war ein Akt, vor dem alle den Hut zogen. Ich hätte so etwas nie für möglich gehalten… aber bitte, wir sitzen alle im selben Boot. Und letzten Endes habt ihr ja auch diese Formularen ausfüllen müssen. Was habt ihr denn geschrieben?"

Wieder lachten sie alle.

Iancu, der ironische junge Mann mit Schnurrbart kündete die Ankunft der Abgeordneten aus der Zentrale an:

„Da kommen Monsieur und Madame, ha, ha, ha, die Vertreter der Inquisition, ha, ha! Herr Dummschwätzer und Frau Tratschweib! Schau doch, vor wem wir gezittert haben!"

„Wer hat gezittert?" Dumitru hob die Augen vom Schachbrett.

„Wir haben gezittert", brach die nervöse Frau aus dem Büro aus, „wir haben um dich und um uns gezittert! Dir ist es vielleicht egal, was geschieht, aber uns nicht. Uns interessiert sehr wohl, was geschieht."

„Diese ganze Aufregung hat überhaupt keinen Sinn", trat Max dazwischen, und alle beruhigten sich. „Wir brauchen nicht in Panik zu verfallen, es ist ja nichts geschehen. Jedes Frühjahr, wenn es wärmer wird, geht die Grippe um. All dies ist wie eine Frühlingserkältung. Ist es denn das erste Mal, dass wir ein Kaderformular ausfüllen? Ist es dann das erste Mal, dass man uns alle möglichen Fragen stellt? Warum tut ihr denn so, als ob ihr nicht Bescheid wüsstest? Wir wissen ja alle, dass es sich um Kaderdossiers handelt. Es ist doch nicht verboten, darüber zu sprechen."

„Schaut euch doch die Fratzen da an", spöttelte Iancu weiter, „die kann man doch nicht ernst nehmen."

„Das Aussehen zählt doch nicht", hielt Ica ihm entgegen, „es ist nur wichtig, was sie von uns verlangen. Was sie von uns wissen wollen."

„Stört dich das?"

„Eigentlich nicht. Ich kann ihnen alles erzählen, was mir durch den Kopf geht. Sie können es ja nicht überprüfen. Es geht um viel zu intime Dinge, die man durch ein Kaderformular sowieso nicht erfragen kann. Keiner von uns war ehrlich, als er schrieb, was er geschrieben hat, und ich am wenigsten. Ihr könnt mich jetzt melden, das ist alles nur dummes Zeug, so etwas fragt man nicht, auf so etwas gibt man keine Antwort."

Dumitru beschäftigte sich weiter mit seinem Schachspiel. Schon seit mehr als einer Stunde grübelte er über einer bestimmten Stellung. Er hatte das schwarze Pferd genommen, hielt die kleine Plastikfigur zwischen den Zähnen und konnte sich nicht für einen Zug entscheiden.

Iancu, nun ganz Auge und Ohr, lauschte auf den Korridor. Er suchte nach einem Vorwand, um in das Büro der Führung zu gelangen. Dieser gerissene Bursche fand eine Akte, die sofort erledigt werden musste. Er erinnerte sich an ein dringendes Telefongespräch mit dem Ministerium. Und Voicu, so gereizt er auch war, konnte eine Dienstangelegenheit nicht zur Seite legen.

Die komplette Abteilungsleitung - Voicu, Lăzărescu, Gheorghe und Elvira Stan - mussten das Büro für die Diskussionen räumen. Jedoch wurde nicht Mitică zuerst aufgerufen sondern Iovan.

„Was habe ich euch gesagt", triumphierte Elvira Stan.

Als Iovan hörte, dass er gerufen wurde, ging ein zufriedenes Grinsen über sein Gesicht. Er war ungefähr sechsunddreißig Jahre alt, mittelgroß, kraftvoll, mit einem kleinen Schnurrbart und kalten Augen. Seine Bewegungen waren langsam und kontrolliert. Jedes Mal wenn er angesprochen wurde, egal ob es etwas Geschäftliches oder nur etwas unter Kollegen war, wartete er erst einmal ein paar Sekunden ab, dann knirschte er mit den Zähnen und verzog die Mundwinkel. Niemand stand ihm besonders nahe. Die Frauen hielten ihn für einen gut aussehenden Mann.

Iovan verspätete sich absichtlich an seinem Schreibtisch, und er musste zum zweiten Mal gerufen werden. Erst jetzt bewegte er seinen kraftvollen Körper. In dem für die Diskussion geräumte Führungsbüro blätterten der Mann und die Frau aus der Zentrale in irgendwelchen Papieren und schienen ihn nicht wahr zu nehmen. Iovan ließ sich nicht einschüchtern, sondern setzte sich einfach auf einen Stuhl, rückte mit einer familiären Geste näher und steckte seinen Kopf auch in die Papiere, was den beiden überhaupt nicht zu gefallen schien.

Nach einer Viertel Stunde wurde die Bürotür geöffnet, und eine Frauenstimme rief nach Voicu, dem Abteilungsleiter.

„Wir kommen mit Iovan nicht zurecht", wurde ihm gesagt.

„Nun Iovan, was geht hier vor?" fragte Voicu.

„Ich bin ein korrekter Mensch", antwortete dieser und betonte das Wort korrekt. „Ich bin, was den Dienst betrifft, meinen Vorgesetzten untergeordnet, und ich führe alle Anordnungen aus, die man mir aufträgt."

„Davon ist ja gar nicht die Rede…", unterbrach ihn die Frau.

Voicu blieb stehen und schaute die beiden aus der Zentrale an. Sie sahen komisch aus, der Mann war klein, schmächtig und glatzköpfig, ihm fehlten viele Zähne und er nuschelte. Insgesamt sah er wie ein Tölpel aus. Die Frau ihrerseits war dick, ihr fehlte jede Spur von Weiblichkeit mit ihrem plumpen Bauch und ihren mageren Schenkeln. Sie trug ihre Haare hochgesteckt, und diese angeberische Frisur ließ sie noch lächerlicher wirken. Sie hatte überhaupt keine Chance gegen Iovan.

„Sag mir", versuchte der kleine Mann dem Gespräch eine Wendung zu geben, „hast du das Gefühl…, ich weiß nicht…, wenn du diese Formulare ausfüllen müsstest?"

„Es gehört nicht zu meinen amtlichen Aufträgen, irgendein Gefühl zu haben", antwortete Iovan trocken.

„Betrachte es doch nicht als eine amtliche Sache", insistierte der Mann, „sondern einfach so, zwischen uns."

„Während der Arbeitszeit", Iovan grinste sichtlich, „gibt es nur geschäftliche Probleme. Ich kenne sie ja eigentlich auch nur geschäftlich. Um es kurz zu machen, mein Chef Voicu ist anwesend, und wenn es nicht gut ist, was ich in den Formularen geschrieben habe, soll er das sagen… und ich schreibe alles noch einmal. Ihr zeigt mir ein Modell einer zufriedenstellenden Aussage, oder ihr formuliert diese selbst, und ich schreibe es ab, damit es meine eigene Handschrift trägt."

„Wir verstehen uns nicht", der kleine Mann rang die Hände. „wie sollen wir denn bestimmen, was du schreibst? Uns interessiert doch, was du fühlst, was du erlebst, was mit dir geschieht…"

„Genau das habe ich geschrieben."

„Ja, aber…", die Frau machte eine Geste mit der Hand, „warum ausgerechnet auf dem Dach? Nachts auf dem Dach? Ist es nicht kalt, ist es nicht gefährlich?"

„Es ist kein abschüssiges Dach", erklärte Iovan, ohne sich aus der Ruhe bringen zu lassen, „es ist die ebene Dachterrasse meines Blocks. Es ist Mai, und deshalb ist es nicht kalt. Und außerdem ist es ein Traum, und im Traum ist es nicht kalt und auch nicht gefährlich."

„Und die Fremden?…"

„Es sind keine Fremden, es sind Kosmonauten."

„Kosmonauten oder nicht Kosmonauten! Aber woher? Von hier oder woanders? Aus welchem Land? Aus welchem Ort? Woher?"

„Das erfuhr man nicht."

„Siehst du… und du willst mit ihnen weggehen!"

„Nein", sagte Iovan ruhig, „sie wollen, dass ich mit ihnen gehe. Sie rufen mich."

„In welcher Sprache?"

„Durch Zeichen."

„Und du?"

„Genau in diesem Moment wache ich auf."

„Aber warum auf dem Dach? Was suchst du auf dem Dach? Kannst du nicht schlafen?"

„Das habe ich ausführlich erklärt"; Iovan grinste wieder. „Die Frühlingsgefühle wirken sich bei jedem anders aus. Manche werden schläfrig, andere werden von allen möglichen Gelüsten ergriffen." Iovan machte eine Pause. „Ich fühle den Frühling als ein Wiedererwachen der Naturkräfte, als Explosion an Lebenskraft…"

„…kraft,", sprach ihm der kleine Mann nach, während er mit-schrieb.

„Im Traum steige ich auf die Dachterrasse und schaue zu den Sternen. Ich lege den Kopf nach hinten, schaue zu den Sternen und ziehe die Frühlingsluft tief in die Lungen."

„Aber in Wirklichkeit", fragte ihn der, der mitschrieb, „kommt es vor, dass du auf die Terrasse steigst, und die Kosmonauten kommen?"

Iovan knirschte mit den Zähnen, so wie jedes Mal, bevor er antwortete.

„Jeden Abend steige ich auf die Terrasse, aber die Kosmo-nauten kommen nicht."

„Möchtest Du, dass sie kommen?" mischte sich die Frau ein.

„Alle meine Aktivitäten, die dienstlichen und privaten, richten sich nach den Anordnungen, die ich von meinen direkten Vor-gesetzten bekomme. Das Problem hat sich nie gestellt, ob ich etwas Bestimmtes will. So ist es mir unmöglich, Ihnen eine kor-rekte Antwort zu geben."

„Aber, wenn du die Anordnung bekommen würdest", unter-brach ihn der kleine Mann, „abends nicht mehr auf die Terrasse zu steigen?"

„Die Frage ist nicht richtig gestellt", antwortete Iovan ebenso ruhig. „Hier gibt es kein „Aber". Es werden Anordnungen gege-ben, sie werden befolgt und fertig."

„Gut", sagte die Frau. „Du kannst gehen, Iovan. Der andere soll kommen, Cristu. Sie können auch gehen, Voicu."

Voicu ging hinaus und nahm seine Untergebenen Lăzărescu und Gheorghe zur Seite.

„Diese beiden, Iovan und Cristu", erklärte er nervös, „machen das absichtlich, um uns zu trotzen. Sie wollen Ärger machen, sie wollen Probleme schaffen. Die übrigen konnten wohl alle eine kleine Lüge aufschreiben, die man übersehen konnte. Lieber Gott, wir alle haben doch irgend etwas hingeschrieben. Ihr, ich, sogar die Putzfrau hat etwas Unauffälliges gefunden. Aber bloß die beiden nicht, sie mussten Umwege machen, zum Teufel mit diesen Frühlingsgefühlen! Cristu auch, was soll ich sagen! Sie spielen mit dem Feuer. Idioten! Ich habe den Verdacht, die beiden haben genau die Wahrheit geschrieben."

„Wir könnten ihnen einen dienstlichen Befehl erteilen"; meinte Gheorghe.

„Das genau wollen sie ja", Voicu konnte sich nicht beruhigen. „Es soll irgendwo aufgeschrieben und vermerkt sein. Und sie stehen da, wie unschuldige Engel, sie sind korrekt, sie sind überaus korrekt. So wurde es angeordnet. So führen sie es aus."

„Aber diese Papiere gehen nach oben, und wir machen uns lächerlich. Na bitte, man hat absolute Aufrichtigkeit angeordnet, und sie sind aufrichtig, so eine Frechheit! So eine Frechheit! Habe ich sie irgendwie benachteiligt? Mich wird man anrufen! Was hast du mit den Jungs? Legst du ihnen einen Stein in den Weg? Was hast du mit ihnen, sie tun doch ihre Arbeit. Und ich kann nicht an sie herankommen. Jetzt schon gar nicht. Ich wette, sie werden mich schon morgen von der Zentrale anrufen und fragen, ob die zwei aufgestiegen sind. Und wenn nicht, warum sie nicht aufgestiegen sind. Ach, deshalb habt ihr Probleme mit Cristu. Dieser Cristu ist ganz gefährlich! Weißt du, was er geschrieben hat?"

„Woher weißt du es?" Lăzărescu wurde aufmerksam.

„Na, dieser Cristu hat es mit den Begräbnissen. Bei ihm stirbt immer jemand, und er ist immer gerade dabei. Und der Tote ist im selben Alter und sieht ihm ähnlich. Und er, Cristu, hält immer die Totenwache. Dann, wenn er alleine ist, dann geht ihm durch den Kopf, wie es wäre, wenn er anstelle des Toten im Sarg liegen würde! Er zieht die Kleider des Toten an und legt sich in den Sarg. So ein Vollidiot! Er döst vor sich hin. Man macht die ganze Zeremonie, und er wird statt des Toten begraben! Und so, wie schön, gerät unser Cristu zwei Meter unter die Erde."

„Er will abhauen", nickte Gheorghe. „Ich habe es geahnt…."

„Weißt du von uns allen, was wir geschrieben haben?", fragte Lăzărescu erneut.

Voicu beruhigte sich nicht.

„Einer von uns will zwei Meter unter die Erde! Im Traum, sagst du? Doch warum zum Teufel träumt er so etwas? Das ist wie eine Bombe über unseren Köpfen. Was soll ich dir noch sagen, wenn man erfährt, dass er auch ziemlich oft zu Begräbnissen geht…"

„Beruhige dich, man hat es bestimmt schon erfahren. Und wenn nicht, wird man es erfahren"

„Gut", zürnte Voicu weiter, „das wär's mit diesen beiden. Aber Mitică? Der ist viel schlimmer. Zehn Seiten hat er geschrieben, vielleicht sogar mehr."

„Was denn?", fragte Gheorghe.

„Viel blödes Zeug… zehn Seiten, wie kann man das alles auf einmal lesen. Eine Menge wirrer Details, etwas von einem Zug, von einem Autobus, von einem Linienflug, also von einer Passagiermaschine. Und er, Mitică, sollte eine Art Landwirt sein und geht auf den Feldern spazieren."

„Ich sehe nichts Schlechtes dabei."

„Nein, nein, du hast nicht verstanden. Die Sache mit der Landwirtschaft hätte in zwei Zeilen geklärt werden können. Aber nein, zehn Seiten mit vielen Details. Es taucht ein Briefträger auf, ich habe nicht genau verstanden, was er macht, aber mit ihm ist etwas, denn er wird immer erwähnt. Und ein Fluss, eigentlich nur ein Schild an einem Masten… Der Fluss Mehadia… so und so viele Kilometer oder Meilen oder Yards…."

„Kilometer oder Meilen?"

„Nein… ich habe es nicht behalten, eigentlich weiß ich nicht, ob es klar vermerkt war, weder die Maßeinheit noch die Anzahl. Doch warum zehn Seiten? Jeder hat gewusst, ohne dass man es ihm gesagt hatte, oder es direkt von ihm verlangt hatte, jeder hat gewusst, dass er etwas Kurzes und Unklares schreiben sollte, eine halbe Seite oder auch weniger. Wie wirr dieser Mitică doch ist."

Das Gespräch mit Cristu schien länger zu dauern. Währenddessen fuhr Mitică fort, allein Schach zu spielen. Er war nicht verwirrt, so wie ihn Voicu sah. Er war nur anders als die anderen, zurückgezogen, einsam, ohne jeden Ehrgeiz. Er hatte so wenig wie möglich Kontakt mit den Kollegen. Er ging nie ans Telefon, weil, wie er sagte, ihn niemand suchte. Er spielte nie mit den Kollegen Fußball und nahm nicht an gemeinsamen Festen teil.

Die Mode interessierte ihn wenig, er trug immer dieselben Hosen aus grobem Stoff, sie waren nicht gebügelt und hingen an ihm herunter. Dazu trug er Tennisschuhe. Er war groß und mager, der Kopf war immer nach vorne gebeugt, als hätte er einen Buckel. Man konnte nicht verstehen, dass er sich die Haare nicht schnitt. Die lange Haarmode war doch schon längst vorbei. Er hatte eine Geiernase und schwarze Augen, die hinterlistig leuchteten, wenn er mit denen aus dem Büro sprach, und dann waren seine Antworten leicht ironisch. Die jüngeren Kollegen mochten ihn, weil er niemanden anschwärzte, nicht nachtragend oder rachsüchtig war. Manchmal, wenn er gebeten wurde, half er ihnen bei Kleinigkeiten im Büro.

Er hatte die langen Finger eines Klavierspielers und eine weiße, reine Haut. Mit den Chefs hatte er nie Auseinandersetzungen, weil er sich offensichtlich nicht dafür interessierte, was um ihn herum geschah. Er hatte keine Meinung und führte genau das aus, was man ihm aufgetragen hatte. Er versuchte es so schnell wie möglich los zu werden, damit er ruhig vor seinem Schreibtisch sitzen konnte.

Das Gespräch mit Cristu, das nebenan im Führungsbüro geführt wurde, verlängerte sich bis zum Dienstschluss. Voicu war nervös, weil er nicht rauchen konnte, und weil er nicht wusste, was sich dort in seinem Büro abspielte. Mitică schien man ganz vergessen zu haben, bis die Frau von der Zentrale kurz vor Dienstschluss mit einem Stapel Formulare in der Hand unerwartet das Büro betrat.

„Leon Dumitru, nicht wahr?" deutete sie auf Mitică. „Ich muss Sie bitten, das Formular noch einmal auszufüllen."

„Ja."

„Na seht ihr", rief die nervöse Bürokollegin, „was habe ich euch gesagt? Jeden von uns hat man gesondert gerufen, aber Mitică gibt man die Formulare hier, hier vor allen Leuten. Das kann doch nur bedeuten, dass wir alle mit betroffen sind, oder? Dass es uns auch angeht, nicht?"

„Nein", antwortete Iovan und grinste wie immer. „Das geht einzig und allein ihn an."

Iancu, der junge spöttische Kollege, ergriff die Gelegenheit zum Deklamieren: „Mitică, lass dich nicht hängen! Auch wenn sie dich schlagen, sollst du wissen, dass wir auf deiner Seite stehen!"

Im Weggehen rief Voicu, der Abteilungsleiter, Mitică zur Seite und sagte zu ihm: „Mitică, die Tatsache, dass sie dir die Formulare noch einmal gegeben haben, bedeutet etwas, aber was genau, weiß ich auch nicht. Glaub mir, aber irgend etwas ist damit. Ich weiß nicht, es geht nicht darum, ob es ihnen gefallen hat, was du geschrieben hast, ich glaube, dass es keine Frage des Gefallens ist. Auch kann ich dir nicht raten, unehrlich zu sein. Mein ganzes Leben lang habe ich niemandem so einen Rat gegeben und ich hoffe, es auch niemals zu tun."

„Aber hier ist auch nicht mehr die Rede von den herkömmlichen Regeln der Korrektheit so wie bei dienstlichen Angelegenheiten, sondern… Ich bitte dich, du bist ja kein Kind mehr… Du gehst auf die Dreißig zu, du hast dir ja schon Gedanken gemacht, wie… Also, überleg es dir bitte gut, handle so, wie es dir am besten scheint. Aber ich bitte dich, überlege es dir vorher gründlich, ja?"

„Ja", nickte Mitică.

Am Ausgang wartete Ica auf ihn, die junge Kollegin, ein einfaches Mädchen mit viel Gefühl.

„Macht es dir etwas aus, wenn ich mich auch in diese Sache einmische?"

„Nein", Mitică schüttelte den Kopf.

„Hör mal", sagte das Mädchen, „mir gefällt es nicht, wie sich die anderen mit dir anlegen. Du kümmerst dich um deine Arbeit und sonst um nichts und niemanden. Was diese blöden Papiere anbetrifft, haben wir alle gelogen, ich auch. Du wirst mich ja sicher nicht anschwärzen. Ich habe eine schöne kleine Geschichte für dich, so dass man dir nichts anhaben kann, und es klingt auch ganz echt."

„Du bist doch jung und gesund, es ist doch ganz normal, wenn du einen erotischen Traum hast. Schau, du kannst von mir schreiben, sag ihnen, dass du mich im Traum schon in ganz verschiedenen Situationen gesehen hast…, weißt du, das macht mir nichts aus, sie können ruhig über mich kichern. Sie machen sich lustig und die Sache kommt zu einem Ende. Oder ein anderes Mädchen, das dir besser gefällt."

„Mach dir keine Sorgen", sagte Mitică und verabschiedete sich. Am Nachmittag rief Iancu an, der Kollege, der alle Leute verspottete.

„Du, Mitică, ich habe überall herumgefragt, und es scheint eine ernste Sache zu sein. Überall prüft man die Kaderpapiere und in allen Betrieben wurden diese Formulare verteilt. Versteh' mich bitte nicht falsch, ich habe keine Panik wie die Frauen im Büro. Mir ist egal, was geschieht. Aber ich finde, du solltest dir nicht unnötig Probleme bereiten. Welchen Blödsinn du auch schreibst, die können es ja nicht überprüfen. Ich weiß, dass du ein bisschen eigenwillig ist.. Aber manchmal, das sage ich dir, wäre es auch ganz gut zu sehen, was um einen herum geschieht. Also, bring auch du eine Lüge, mein Gott, oder hast du keine Ideen? Fünf Zeilen und fertig. Wenn dir nichts einfällt, ruf' mich an, ich fülle dir dein Formular aus, damit niemand etwas sagen kann. Sie haben dir die Formulare noch einmal gegeben, das sieht nicht gut aus, hör auch mich, ich habe mich erkundigt…"

Abends nach neun Uhr klopfte jemand an die Tür, aber Mitică öffnete niemals. Es war selten, dass jemand zu ihm kam. Und wenn, dann nur angemeldet. Und derjenige musste auf eine bestimmte Art klopfen. Dann klingelte das Telefon. Es war der Abgeordnete aus der Zentrale. Er hatte an die Tür geklopft. Miticǎ sagte ihm einfach, dass er nicht empfängt. Der Abgeordnete entschuldigte sich. Er wolle ja nur wissen, ob Miticǎ eine anständige Wohnung habe, ob er gut schlafen könne, wie sein Bett sei? Nicht zu hart? Genügend Ruhe? Kann er sich richtig ausruhen? Miticǎ antwortete immer, er könne sich nicht beklagen.

Der Abgeordnete gab nicht nach. Ob Miticǎ krank sei, man könne eine ärztliche Untersuchung machen, sogar noch heute Abend. Kann er leicht einschlafen? Vielleicht könnten Schlaftabletten… Miticǎ antwortete wieder, er könne sich nicht beklagen. Aber könnte man nicht…, es ist so umständlich, so etwas am Telefon zu besprechen… ich bin in einer Telefonzelle… es ist laut… ich verstehe so schlecht… Miticǎ sagte wieder, dass er nicht empfängt. Dann wünschte er einen guten Abend und legte den Hörer auf.

Miticǎ hatte eine Katze, die Miezi hieß, ein außerordentlich schönes und gescheites Tier. Sie sprang auf die Türklinken und konnte so alle Türen im Haus öffnen, hatte ihr Katzenklo im Badezimmer und ließ Miticǎ in Ruhe, wenn er seinen Gedanken nachhing. Manchmal spielten sie stundenlang zusammen.

Nach halb zehn ging er schlafen. Er machte alle Lichter aus, legte sich hin und schlief gleich ein. Er hatte denselben Traum, den er schon seit Jahren jede Nacht träumte.

Er befand sich auf einem Feld, einem riesigen, endlosen Feld. In allen Himmelsrichtungen sah man keinen Berg, keinen Hügel, keine Erhebung. Und kein Baum, keinen Baum rings umher. Das Feld war voller Getreide, dort musste irgendwo ein Bauernhof sein, und Mitică war der Landwirt. Er war gekleidet wie immer, mit ungebügelten Hosen und Tennisschuhen. Dazu trug er einen Strohhut, und er hatte einen Rechen dabei. Die Getreidefelder waren von einer Menge Pfade durchzogen und Mitică hatte nichts Anderes zu tun, als hin und her zu gehen und den Rechen dabei zu haben. Eigentlich drehte er sich immer um dieselbe Stelle und wagte nicht, allzu nahe zu kommen.

Bei dieser Stelle handelte sich um einen kleinen kreisrunden Park inmitten der Getreidefelder, ein Park mit gepflegtem Rasen und Alleen mit kleinen weißen Steinen. In der Mitte des Parks waren zwölf Säulenpaare aus weißem, geschliffenem Stein, die im Kreis aufgestellt waren. Auf jedem Säulenpaar lag ein behauener Steinblock aus dem gleichen Material. Unten an der Säulenbasis standen dichte Rosenbüsche, einige mit weißen, andere mit blutroten Blüten.

Alles war hier im Kreis angeordnet, so auch zwölf Bänke. Vor jeder Bank gab es eine Bodenplatte und ein kleines Wasserbecken. Diese hatten die Größe einer Badewanne und waren in die Erde eingelassen. Sie schlossen mit dem Niveau der Bodenplatte ab. Alles war aus diesem kalten, geschliffenen, weißen Stein.

Die Becken waren voller Wasser. Das Wasser darin kam durch eine unterirdische Leitung vom Fluss, dem Fluss Mehadia.

Das war alles, was er sehen konnte, wenn er sich näherte, ohne jemals das Innere des Parks zu betreten. Denn Mitică wagte es einfach nicht, einen Schritt über das Getreidefeld hinaus zu machen. Dort, wo der gepflegte Rasen begann, entstand eine unüberbrückbare Grenze, die all seine Gefühle aufwühlte. Der Rest war nur Einbildung. Dort in dem klaren Wasser der Becken sollten die zwölf Nymphen leben, diese jungen Amphibien, die in Mitiăs Vorstellung süß und zart wie Göttinnen aussahen. Er hatte sie nie gesehen, und er befürchtete, sie auch nie wirklich sehen zu können. Und trotzdem, solange der Traum dauerte, tat er nichts anderes als auf diesen Wegen zwischen den Getreidefeldern umher zu wandern, immer mit dem Rechen in der Hand. Den Kopf hatte er ständig auf die weißen, kalten, hohen Säulen gerichtet.

Er konnte nicht lange an einer Stelle bleiben. Er fürchtete überrascht zu werden, wenn er sie belauerte. Und er schämte sich fürchterlich, denn genau das tat er, er belauerte sie. Seine Sehnsucht war groß, sie sehen, sich von ihrer Existenz überzeugen. Die Nähe des Parks wühlte ihn so auf, dass er anfing zu zittern, und er konnte seine Bewegungen nicht mehr kontrollieren. Sein Herz klopfte zum Zerspringen, seine Ohren dröhnten. Nach einem kurzen Moment musste er sich zurückziehen, sich entfernen. Er atmete schwer, stützte sich auf seinen Rechen. Er brauchte einige Zeit, bis er wieder zu sich kam.

Verschwitzt, erschrocken, am ganzen Leibe zitternd ging er wieder auf die Pfade zwischen den Feldern zurück, um sich dieses Mal von einer anderen Seite zu nähern. Er wusste eine Menge von ihnen. „Woher nur?" wunderte sich eine Stimme in ihm. Er wusste, dass sie Amphibien waren und nicht die ganze Zeit unter Wasser bleiben konnten. Wenigstens ein Mal am Tag mussten sie auf die Platte vor den Bänken kommen, um ein paar Minuten lang Luft zu atmen. Aber so erschreckt und schamhaft, wie sie waren, kamen sie am liebsten bei Nacht heraus, kurz vor Sonnenaufgang, wenn das ganze Feld neblig und dunstig war, und man nichts sehen konnten. Ja, dann konnte er, wenn er die Ohren spitzte, vielleicht zwischen dem Flüstern des Windes im Getreide den leisen Klang von Stimmen hören… etwas wie Kichern und Frösteln… denn morgens war es so kühl. Und sie waren nackt, denn sie lebten ja unter Wasser. … und sie könnten doch auch einmal tagsüber erscheinen… sehnte sich die Stimme im Kopf.

Er wusste, dass das Wasser in den Becken einmal im Monat gewechselt wurde, die Becken wurden geleert, gereinigt und wieder mit frischem Wasser aus dem Fluss Mehadia über die unterirdische Leitung gefüllt. Diese Arbeit machte ein Mechaniker von der Bewässerung bei Tag, an einem bestimmten Tag im Monat. An welchem Tag? Mitică hatte sich vorgenommen, die einzelnen Tage des Monats der Reihe nach zu beobachten. er war sich sicher, so den genauen Tag herauszufinden… aber es gelang ihm nicht. Er träumte die Tage nicht der Reihe nach, er träumte sich in den dritten des Monats, dann in den vierten, in den fünften, dann plötzlich in den dreißigsten, dann - so ein Blödsinn - in den sechzehnten. Er konnte nur durch Zufall an diesen Tag gelangen, und dieser Glücksfall, diese Möglichkeit hielt ihn jede Minute, jede Sekunde in Spannung.

Stimmt, es wäre am besten, ganz einfach hinzugehen, den Park zu betreten, sich einem Becken zu nähern und hinein zu sehen. Aber nein, das nicht, das ging über seine Kräfte. Es war nicht nur die Angst, sondern vor allem ein Gefühl, dass sich so etwas nicht gehört, dass die Eigengesetze des Ortes gebrochen würden. Schon allein das Lauern barg eine Schuld in sich. Auch die anderen lauerten in dieser Weise im Verborgenen, schamhaft. Mitică war nicht der einzige, der zwischen den Feldern hin und her ging, die Augen auf den Park gewandt.

Eine Eisenbahnlinie führte an der rechten Seite des Parks vorbei, und alle Reisenden drängten sich an den Fenstern, aber auch sie konnten wegen der Geschwindigkeit des Zuges nicht viel mehr sehen. Neben der Eisenbahnlinie, auf einem staubigen Weg, fuhr einmal am Tag ein Autobus und darüber hinweg ging eine Fluglinie. Mitică wusste sicher, dass die Flugbahn etwas weiter entfernt verlief und der Pilot absichtlich davon abwich, um über den Park zu fliegen. Dieser wagte es aber nicht, zu tief zu gehen. Die Reisenden im Zug und im Bus waren immer dieselben. Mitică konnte sie schon wieder erkennen. Sie drängten sich alle an die Fenster auf der Seite des Parks, um besser sehen zu können, aber es gab nur die Rosenbüsche und die weißen Steinsäulen zu sehen.

Manchmal wäre Mitică gerne im Zug, im Bus oder im Flugzeug gewesen. Aber nein! Um Nichts in der Welt wollte er sich unter diese Leute mischen, in dieses Gedränge und Gestoße. Eigentlich störte es Mitică, wenn jemand auftauchte. Dann entfernte er sich vom Park. Er stellte sich vor, dass die Leute in Bus und Flugzeug untereinander diskutierten, kommentierten, bewerteten, Vermutungen anstellten. Dieser Gedanke ließ ihn leiden, als gehörten die Mädchen aus dem Park ihm allein.

Am meisten irritierte ihn ein anderer Mann, der auch dort herumschlich, ein Gauner, ein Vagabund. Er war feige, genau wie Mitică. Er wagte es nicht, dem Park näher zu kommen, aber er versuchte, die Mädchen auf heimtückische Weise hervor zu locken. Er machte einige Schritte über den kurz geschnittenen Rasen und warf Cognac-Fläschchen, Zigarettenschachteln und Schokolade auf die Steinplatten. Zum Glück hatten diese Tricks keinen Erfolg und alle diese Aufmerksamkeiten gelangten in die Tasche des Postboten, der täglich durch den Park ging. Genau um zwölf Uhr kam er vorbei und verweilte ein wenig auf einer Bank. Er stellte die Posttasche neben sich, öffnete den Hemdkragen und die Schuhbändel. Er trug immer Uniform, egal wie warm es war. Der Postbote war ein Mann um die fünfzig, gutmütig und wohlwollend, mit Schnurrbart und Brille, immer müde und schwer atmend unter der Last des Postsackes. Er schien der einzige zu sein, der nicht über die Anwesenheit der Mädchen in den kleinen Steinbecken wusste oder wissen wollte. Deshalb konnte er auch ohne Weiteres in den Park hinein. Für ihn war es nur ein Ort, wo er ein bisschen sitzen und sich ausruhen konnte. Mitică wartete jeden Tag auf ihn an dem Masten, an dem das Schild „DER FLUSS MEHADIA" angebracht war. Dort erschien der Postbote, er sah Mitică und begrüßte ihn:

„Wie geht es dir denn, Mitică?"

„Mir geht es gut", antwortete dieser. „Hast du Post für mich?"

„Heute nicht", schüttelte der Briefträger immer den Kopf.

Mitică ging ihm nach und versuchte, mit ihm ins Gespräch zu kommen, als wolle er sich rechtfertigen, dass er auch in diese Richtung ging… zum Park. Er hätte zusammen mit dem Postboten den Park betreten können, sich auf eine der Bänke setzen können, als wäre er müde, und beiläufig ein bisschen plaudern, wie selbstverständlich, sie waren doch ein Stück Weg zusammengegangen. Aber nein, am Rande der Getreidefelder, dort wo der Rasen begann, blieb er stehen, weiterzugehen ging über seine Kräfte. Nur der Postbote ging weiter, setzte sich auf eine der Steinbänke, stellte den Postsack neben sich, öffnete den Kragen und die Schuhbändel – und verschnaufte.

„Sehen wir mal", sagte er, „für hier haben wir keine Post, Zeitungen auch nicht. Also gehen wir weiter. Aber schau mal! Was ist das denn? Du, Mitică, schau, da ist Cognac, Schokolade, Zigaretten. Was ist das denn?"

„Ich weiß nicht", log er.

„Das muss jemand verloren haben", meinte der Postbote. „Als Beamter habe ich die Pflicht, es mitzunehmen und im Amt abzuliefern. Der Verlierer kann innerhalb eines Monats kommen und es wieder abholen. Sonst wird es uns auch gut tun. Wiedersehen, Mitică!"

Nach ein paar Tagen fehlte Iovan morgens um sieben Uhr zum Arbeitsbeginn. Es war nichts Besonderes. Jeden Tag verspätete sich irgendjemand ein bisschen. Gegen elf Uhr erschien Voicu im Büro, machte seinen wohlbekannten Rundgang und fragte in den Raum hinein:

„Weiß jemand etwas von Iovan? Hat er sich abgemeldet? Verspätet? Hat er angerufen?"

Da niemand antwortete, sprach er weiter: „Wenn er kommt, soll er zu mir kommen. Und ihr anderen, falls ihr euch verspäten solltet oder irgendein Problem habt, sagt doch Bescheid, damit man weiß, was los ist."

Iovan erschien bis zum Arbeitsende nicht, auch nicht am zweiten Tag. Am nächsten Tag wusste man dann genau, dass er auch zu Hause gesucht wurde, auch bei Verwandten. Dann wurde im Büro nachgefragt, ob jemand wüsste, wo er sein könnte, welche Freunde er habe. Nach einem weiteren Tag wusste man sicher, dass Iovan verschwunden war. Voicu ärgerte sich schwarz. Das Telefon klingelte die ganze Zeit, und die Gespräche wurden immer gereizter. Fremde Leute hatten Iovans Schreibtisch aufgebrochen und nach Papieren durchsucht. Im

Büro gab es jetzt keine Ruhe mehr. Auch Mitică konnte sich nicht mehr um seine Schachprobleme kümmern. Mitică hatte man eigentlich ganz vergessen. Cristu war der Mann des Tages. An allen Ecken und Enden sprach man über ihn, über ihn und seinen Hang für Begräbniszeremonien, wovon – keiner weiß wie – alle erfahren hatten.

„Das ist absurd", gestikulierte Gheorghe auf dem Gang, „wir sind doch vernünftig, oder? Woher Kosmonauten? So ein Blödsinn! Iovan hatte einen Unfall, er ist von einem Auto überfahren worden, und der Fahrer hat die Leiche beseitigt, irgendwo vergraben. Heutzutage passiert so viel. Oder er ist zu einer Frau gegangen, hat sich mit einem anderen Liebhaber gestritten, und es kam zu einer Messerstecherei. Oder er ist vielleicht ertrunken. Die Sache mit den Kosmonauten ist eine Spinnerei von ihm, aber wir sind ja vernünftig! Cristu soll seine Aussage ändern, und fertig! Und wir machen uns Probleme mit Mitică! Der Arme, mit seiner Landwirtschaft…"

Iovan tauchte nicht mehr auf. Der Skandal dauerte zwei bis drei Wochen, dann nahm man die Lage hin, wie sie war. Immer noch kamen Abgeordnete aus der Zentrale und stellten Fragen über den Fall Iovan, aber das Thema hatte an Wichtigkeit verloren. Letztendlich langweilten sich die Leute wegen der ständigen Fragerei, ob es Kosmonauten gibt oder nicht.

„Vielleicht hat er Selbstmord begangen", meinte Lăzărescu eines Tages.

„Um Himmels Willen!" erschrak Elvira Stan, „du weißt nicht, was du sagst! Wenn das bis zur Zentrale vordringt, sieht es schlecht für uns aus."

„Das kann ich nicht glauben", schüttelte der Abteilungsleiter Voicu den Kopf. „Iovan war ein disziplinierter Mensch. Er hat eigenhändig unterschrieben. er weiß genau, dass so etwas verboten ist. Absurd, so etwas ist verboten! Jeder weiß ja, dass es verboten ist, oder?"

Dann kam eines Tages völlig unerwartet wieder der kleine, zahnlose Mann aus der Zentrale und die dicke Frau mit der komplizierten Frisur. Niemand hatte sie erwartet, sie hatten sich nicht angemeldet. Keiner wusste, dass sie kommen würden. Sie kamen, verlangten, dass man das Führungsbüro räume und riefen Mitică.

„Wir wollen ein Gespräch mit Leon Dumitru", sagten sie.

„Mitică", Voicu stürmte gegen seine Gewohnheit in das Büro, „Mitică, hast du die Formulare noch einmal ausgefüllt?"

„Ja."

„Und wo sind sie?"

„Hier, in meinem Schreibtisch."

„Warum hast du sie nicht abgegeben?"

„Wem?"

„Mir. Oder ich weiß nicht…"

„Niemand hat sie von mir verlangt."

Iancu, der junge ironische Kollege, machte sich neben Miticăs Schreibtisch zu schaffen und flüsterte ihm beiläufig ins Ohr:

„Du, jetzt wird's ernst. Lass die Faxen und tu, was man von dir verlangt."

Die erste Frage an Mitică stellte die dicke Frau mit dem Dutt:

„Sagen Sie uns, Leon Dumitru, was genau macht Sie unzufrieden?"

„Ich verstehe nicht", Mitică zuckte die Achseln.

„Da, da. Sie haben die Formulare wieder ausgefüllt. Ich meine, was Sie jetzt geschrieben haben, unterscheidet sich das von der ersten Fassung?"

„Vielleicht habe ich nicht dieselben Worte benutzt."

„Sagen Sie uns, Leon Dumitru, hätten Sie gerne, dass etwas anders sein sollte?"

„Was denn?"

„Irgendetwas", mischte sich der Mann ein, „Ihre Lebensart, Ihr Verhältnis zu den Kollegen, zu der Führung."

„Ich kann mir nicht vorstellen, wie es anders sein könnte", Mitică zuckte wieder die Achseln.

„Wünschen Sie sich etwas Bestimmtes? Gibt es vielleicht eine bestimmte Situation oder etwas, was Sie glücklich machen könnte?"

„Ich verstehe nicht richtig, was Sie unter Glück verstehen?"

„Aber sind Sie glücklich? Oder unglücklich? Auf Ihre Art und Weise?"

Dann riefen sie Voicu, den Abteilungsleiter, und machten in seiner Anwesenheit weiter.

„Eigentlich schätzen wir Leon Dumitru", sagte die Frau mit dem Dutt. „Er ist offen und ehrlich und macht keine Umwege. Schau Leon, auch dein Chef Voicu schätzt dich. Er hat dir eine gute Beurteilung gegeben. Du bist mit den Kollegen nicht zerstritten, oder?"

„Nein", antwortete Voicu eilig für ihn.

„Sag uns, Leon Dumitru, wir haben auf der Landkarte gesucht, aber wir haben nirgends einen Fluss Mehadia gefunden. Vielleicht hilfst du uns, vielleicht ist es nur ein kleines Bächlein, so klein, dass es auf der Karte nicht eingezeichnet ist, und wir quälen uns umsonst. Konzentrier' dich doch ein bisschen. Wir möchten ja eigentlich nur wissen, wo dieser Fluss Mehadia ist."

„Keine Ahnung", zuckte Mitică die Achseln. „Den Fluss habe ich nie gesehen, ich weiß nicht, wie groß er ist. Ich sehe nur das Schild „FLUSS MEHADIA" sieben Kilometer, oder acht, oder vielleicht Meilen."

„Seemeilen oder Landmeilen? Es gibt zwei verschiedene Meilen."

„Ich bin nicht sicher, dass es um Meilen geht."

„Siehst du", die Frau machte eine Geste mit der Hand, „das ist gar nicht gut. Das kann allerhand bedeuten. Die einen Meilen benutzt man so, die anderen wieder anders, und die Kilometer…"

„Für mich hat das überhaupt keine Bedeutung", unterbrach sie Mitică. „Deshalb habe ich es auch nicht genau behalten."

„Aha, aha. Sag uns, Leon Dumitru, könntest du nicht auf diesen Fluss verzichten? Er soll nicht mehr erscheinen. Er soll nicht mehr da sein."

„Nein", antwortete Mitică sofort, „es ist unmöglich. Aus diesem Fluss kommt frisches Wasser durch die unterirdische Leitung!"

„Hast du die Leitung gesehen? Oder weißt du wenigstens, wo genau sie verläuft? Bist du sicher?"

„Sie ist da."

„Gut", die Frau war einverstanden. „Es gibt sie. Eigentlich interessiert es uns gar nicht. Komm, wir verzichten auf den Fluss. Auf den Fluss Mehadia…"

Mitică schüttelte den Kopf.

„Nein, nein. Das geht nicht Sie… einmal im Monat muss man ihnen das Wasser wechseln, die Becken reinigen. Das geht nicht."

Eine Weile lang waren alle still. Die Frau mit dem eigenartigen Dutt blätterte die neue Version der Formulare durch. Dann wandte sie sich wieder an Mitică:

„Schau, Leon Dumitru, sieh mal, wir haben jetzt auch deinen Chef gerufen, damit er bei der Diskussion dabei ist. Diejenigen, die… wie nennst du sie… eigentlich ist nichts Schlechtes an der ganzen Geschichte. Nur dass… sag mir, sind sie ganz ausgezogen, oder…?"

„Ich glaube ja."

„Aber du weißt es nicht genau?"

„Ich habe sie nie gesehen."

„Aber könntest du nicht jemanden fragen, den Postboten zum Beispiel?"

„Oh nein", Mitică lehnte kategorisch ab. „Mit ihm könnte ich über so etwas nicht sprechen."

Wieder Schweigen. Voicu blieb stehen und mischte sich nicht ein.

„Siehst du, Leon Dumitru, wie wir dir schon gesagt haben, es ist nichts Schlechtes dabei. Du bist ein gesunder junger Mann. Es ist normal, dass du von nackten Frauen träumst…"

„… zwölf", fügte der kleine Mann hinzu.

„Von mir aus zwölf. Was nicht normal ist, ist dein Verhalten. Oder was sagst du dazu, Voicu?"

Voicu zuckte mit den Schultern.

„Er soll lieber heiraten", sagte dieser.

„Ich würde sagen", sprach die Frau weiter, „dein Verhalten ist nicht normal. Du drehst dich und drehst dich, und weiter nichts. Das ist nicht vernünftig. Das führt zu Besessenheit. Und du hast nicht einmal die Sicherheit, dass sie existieren. Ehrlich, das gefällt mir nicht. Das kann man nur auf zwei Arten lösen: entweder du verzichtest ganz einfach auf sie, das heißt, du schaffst sie weg, sie verschwinden zusammen mit ihrem Park aus der Landschaft. Ich meine, das ist schwerer", die Frau machte eine Pause, „siehst du, ich denke wirklich nur an dich. Oder, und das wäre die allerbeste Lösung, die männlichste, du gehst ganz einfach hin und schaust nach, ob sie wirklich existieren… Und wenn du das machst, schau wie sie aussehen, ob sie blond sind oder brünett oder sogar rothaarig. Und wenn sie ganz ausgezogen sind, müsste es dir Freude machen, sie anzuschauen. Du hast gesagt, sie sind jung, oder?"

„Ja", antwortete Mitică.

„Na?"

Mitică schüttelte verneinend den Kopf.

„Ich kann nicht. Das kann ich nicht tun. Das würde bedeuten… ich habe für sie eine Art…"

„Siehst du, Leon Dumitru, genau das gefällt mir nicht. Überleg's dir doch noch mal. Ich will dir aber nur einen Rat geben, ich bin nämlich älter als du und habe mehr erlebt. Das Leben ist nicht leicht. Für niemanden. Ich hatte auch Probleme, wie alle anderen, und ich spreche aus eigener Erfahrung. Es ist viel einfacher, wenn man das Gefühl hat, etwas von sich aus getan zu haben, statt dass man etwas aufgezwungen bekommt. Und die Lösung ist, ihnen einen Schritt voraus zu sein, glaub mir. Du kannst jetzt gehen."

Voicu ging Mitică nach und holte ihn auf dem Flur ein.

„Mitică, warte ein bisschen, ich habe in den letzten Tagen oft an dich gedacht. Man kann es auch anders machen. Wenn du vor dem Schlafengehen etwas trinken würdest, wenn du dich bis zum Umfallen betrinkst… Aber mach' es zu Hause, sonst machst du dich lächerlich. Was hältst du davon? Wenn man trinkt, sieht alles anders aus, die Welt hat andere Farben. Ich will dich nicht zum Lügen überreden, das könnte ich nicht, obwohl es möglich wäre. Keiner könnte es nachweisen. Plötzlich hast du angefangen von einer Frau zu träumen, von so einer, du bist mit ihr und… Himmel noch mal, wir sind doch unter uns!"

„Ich soll nicht die Wahrheit sagen?" Mitică neigte den Kopf, „Das würde bedeuten, die Sache hätte keinen Sinn mehr."

„Das sag ich dir doch", regte sich Voicu auf. „Mein ganzes Leben lang habe ich keinen zum Lügen ermutigt."

„Mitică", sagte einige Tage später Elvira Stan, die auch zur Abteilungsleitung gehörte, „ich verstehe, dass du bei deiner Position bleibst. Ich versuche mit dir anders zu sprechen. Die anderen haben Angst, dass wir alle Schwierigkeiten bekommen, Schwierigkeiten kommen oder auch nicht, mit unserem Willen hat es nichts zu tun. Ich will dir auch nicht diesen oder jenen Rat geben. Aber du sollst wissen, dass alle auf dich schauen. Ich kann dir sicher sagen, du wirst dich vor allen Kollegen rechtfertigen müssen. Du bist doch nicht so naiv und hoffst, dass dich jemand verteidigt? Es wird eine allgemeine Entscheidung geben, und der kannst du dich nicht entziehen. Hängst du so sehr an… bedeutet es so viel für dich, dass du nicht ohne kannst?"

„Das ist das einzige, was zählt", gab ihr Mitică mit leiser, fast flüsternder Stimme zur Antwort. „Der Rest existiert nicht. Tag für Tag, Stunde für Stunde tue ich nichts Anderes, als auf den Abend zu warten, dass ich schlafen gehen kann, dass…" „Also dann", sagte Elvira Stan ganz entschieden, „lerne das Lügen oder stell dich auf das Allerschlimmste ein. Mensch, du bist doch ein junger Mann, ihr habt so viele junge Mädchen im Büro, kannst du dir nicht vorstellen, mit einer von ihnen, ich meine…. Ich frage dich, bist du normal? Könntest du wirklich nicht?"

„Doch, schon", antwortete Mitică immer noch ganz leise, „ich könnte, aber was für einen Sinn hätte das?"

„Mit dir kann man nicht diskutieren. Wirklich, manchmal habe ich den Eindruck, dass du dir und uns nur Schwierigkeiten bereiten willst."

Der einzige, der nicht versuchte, ihm Ratschläge zu geben, war Max, der Mann mit dem gewichtigen Wort. Iancu, der ironische Kollege mit dem Schnurrbart, der auf Miticăs Seite stand und die Sache wieder und wieder von allen Seiten beleuchtete, wandte sich direkt an Max:

„He, Max, du hast doch immer eine gescheite Idee. Was sagst du dazu?"

„Ich", sagte Max, „ich an Mitică Stelle hätte dasselbe gemacht. Mitică muss aber auch wissen, so wie wir alle es schon wissen, dass sie die Art und Weise finden werden, ihn zu zwingen. Du weißt sehr wohl, dass eine Sitzung stattfinden wird und Mitică sich vor allen Kollegen der Diskussion stellen muss."

„Welche Kollegen? Das sind doch wir!" sprang Iancu auf. „Wenn wir auf seiner Seite sind…"

Max sah ihn kalt an.

„Wen meinst du? Wer wird auf seiner Seite stehen?"

„Ich!!!" behauptete Iancu entschlossen.

„In Ordnung", stimmte Max ihm zu. „Und wer sonst noch?"

„Du. Du wirst doch nicht…"

„Einverstanden", Max stimmte ihm wieder zu. „Also zwei. Und wer noch?" Iancu schaute sich im Büro um.

„Was?!" rief er aus. „Wieso rührt ihr euch nicht? Heute ist Mitică dran, morgen ein anderer. Wird es dir gefallen, oder dir vielleicht, wenn sich die Kollegen um nichts kümmern und nur ihren eigenen Kram sehen? Wenn wir uns nicht gegenseitig helfen, wenn wir nicht zusammen halten…"

„Du hast leicht reden", hörte man eine Stimme von hinten aus dem Büro. „Es wäre anders, wenn wir alle zusammenhalten würden. Der Idiot soll ruhig weiter an seine Weiber denken, wenn es ihm Spaß macht! Aber zuerst wird Voicu sprechen, und dann halten alle den Mund. Jeder tut so, als hätte er nichts damit zu tun. Traust du dich dann noch aufzustehen? Als einziger? Mitică kannst du auch nicht retten, und du selbst schaffst dir Schwierigkeiten damit. Dir kann nichts geschehen? Sag bloß! Nicht sofort, aber nach zwei, drei Monaten wirst du schon sehen! Glaubst du, so etwas vergisst man? Würdest du jemanden vergessen, der dir widerspricht? Als erstes wird man dir im November Urlaub geben, dann kommt die Beförderung, acht sollten eine Stufe höher steigen, aber die Zentrale genehmigt nur fünf. Wer wird deiner Meinung nach auf der Strecke bleiben?"

„Das ist eine üble Art, das Problem anzugehen."

„Das ist gar nicht übel. Das ist offen und ehrlich. Wäre Mitică in einer ausweglosen Situation, könnten wir noch darüber reden, aber so? Nicht einmal mitten in der Sitzung wird es zu spät sein, wenn er zugibt, er hätte von einem Flittchen geträumt, mit ihr dies und jenes gemacht. Schau Mitică, sag nicht, dass ich ein schlechter Kollege bin, du kannst ruhig auch über meine Frau sprechen. Sag einfach, was dir durch den Kopf geht, du wirst es schon selber wissen."

„Wie sollen wir uns in der Sitzung verhalten?" überlegten sich nach ein paar Tagen zwei Mädchen auf dem Gang, „ich kenne diesen Dumitru eigentlich gar nicht, aber die Geschichte, die ich gehört habe… mit allen Details. Mir scheint, da ist etwas…, nun, irgendetwas, das zu ihm gehört, wie sie auch sei, die Geschichte, blöd oder nicht, mich hat sie ehrlich gesagt angeregt. Wenn ich ihn besser kennen würde, würde ich ihn bitten, sie mir selbst zu erzählen. Ich möchte es direkt von ihm hören. Und wir, seine Kollegen, wir sollen ihn reinlegen? Apropos, was hast du in den Formularen geschrieben?"

„Quatsch", sagte das Mädchen.

„So wie ich, ha ha. So ist es auch gut. Schau, ich habe lange nachgedacht… dieser junge Mann hat etwas, so ein Streben, so ein Verlangen, es ist eine blöde Sache letzten Endes. Er weiß nicht einmal sicher, ob die Mädchen überhaupt existieren. Aber es ist schön, dass er so an dieser Idee hängt. Könntest du noch so an etwas hängen, dich anklammern?"

Ein anderer Tag, ein anderer Flur, eine andere Diskussion:

„Mir gefällt diese ganze Sache nicht. Warum soll er sich vor den Kollegen rechtfertigen? Warum soll ich auch da hineingezogen werden? Geht es nicht auch ohne mich? Ich kenne diesen Mann gar nicht. Was habe ich mit ihm zu tun? Warum soll ich mir ihn zum Gegner machen? Ich habe nichts mit ihm zu tun. Mir ist es vollkommen egal, was er tut und wie. Er ist nicht verheiratet, oder? Das erklärt alles. Was kümmert er uns? Mich auf seine Seite stellen? Oh nein, das kann ich nicht. Wie, soll ich mich etwa mit Voicu anlegen?

Ich habe auch zu Hause mit meinem Mann darüber gesprochen. Er sagt, ich soll mich ganz versteckt hinsetzen, so dass man mich gar nicht richtig sieht. Zu Beginn wird man fragen, wer einverstanden ist, also gegen diesen Dumitru, und ich werde mich an der Stimmung orientieren, wenn alle die Hand heben und Voicu genau auf mich schaut, dann kann ich nicht anders, dann muss ich auch die Hand heben. Dann wird man fragen, wer dagegen ist, also für ihn; ausgeschlossen, nicht wahr? Dann wird man fragen, wer sich enthält, am besten hebe ich die Hand gar nicht, so als wäre ich nicht im Saal.

Aber die sind auch ganz schön blöd, die von der Führung. Wenn sie gesehen haben, dass der junge Mann trotzig ist, hätten sie diese Affäre einfach verschleiern sollen. Wenn ich Chef wäre, hätte ich die Formulare gefälscht, ich hätte stattdessen neue geschrieben und sie als gut weitergeleitet und fertig.

Mir passen diese Sitzungen überhaupt nicht. Also warum sollen sie ihn durch mich drankriegen? Also siehst du, sobald etwas Schmutziges erledigt werden muss, ziehen sie uns gleich mit hinein. Ja natürlich, da siehst du es wieder, die Kollegen haben es entschieden. So eine Schweinerei! Aber sag mal, was hört man denn eigentlich noch von Iovan? Ist er wirklich verschwunden? Es ist unmöglich, dass ein Mensch einfach verschwindet. Ein Unfall? Das kann ich nicht glauben. Er war eher der Typ eines Schlaumeiers. Er hat alles geplant, er hat gewusst, dass seine Formulare Probleme schaffen und für ihn ein hervorragendes Alibi sein werden. Und er ist abgehauen! Wohin? Weiß Gott, ich kann es mir nicht vorstellen, aber irgendetwas hat der Typ bestimmt gemacht. Erinnere dich an sein Gesicht, war wie aus Stein, was für ein Grinsen…"

„Mitică", sprach Voicu Dumitru am Dienstag an, „warum willst du niemanden bei dir zu Hause empfangen? Vielleicht wäre es nicht schlecht…"

„Ich mache keine Besuche und ich empfange niemanden."

„Wir könnten dir einen Dienstbefehl in dieser Richtung geben."

„Wie Sie wünschen. Ich kann auch auf der Straße schlafen. Draußen ist es warm genug."

„Mitică", bestand Voicu, „du tust nichts zu deinen Gunsten. Siehst du nicht, dass wir alle die Situation nur glätten wollen? Verzichte auf den Fluss, diesen verfluchten Fluss Mehadia? Wo ist er denn bloß? In welcher Gegend? Bring in Erfahrung, wo der Fluss Mehadia ist! Tu wenigstens das! Ist kein Gebirge in der Nähe, kein Anhaltspunkt?"

„Nein", schüttelte Mitică den Kopf, „nichts."

Die Sitzung fand am nächsten Mittwoch nach zehn Uhr statt. Von der Zentrale kam ein Abgeordneter, ein gewisser Berberescu, ein Mensch mit bedeutungslosem Gesicht, den keiner kannte. Wie auch immer, eine Reihe von Kollegen hatte sich anderswo zu schaffen gemacht oder frei genommen, so dass mehr als ein Drittel nicht anwesend war. Es fehlten auch Iancu und Elvira Stan, und Max wurde zum Vorsitzenden bestimmt. Für die Sitzung schienen eine Reihe von Problemen auf der Tagesordnung zu stehen und die Rechtfertigung von Leon Dumitru war als letzter Punkt vorgesehen. Die Diskussionen verliefen apathisch, teilnahmslos, ohne Interesse. Als man zum eigentlichen Problem kam, sprach zunächst Max gegen Mitică. Alle Leute wussten bereits, dass er es tun würde, dass es ihm aufgetragen worden war. Max drehte die Dinge so hin und her, dass man eigentlich nichts verstehen konnte. Berberescu mischte sich ein:

„Mehr Klarheit, bitte. Alle sollen verstehen, warum unser Kollege beschuldigt wird, und warum er gemaßregelt werden soll."

Dann sprach Voicu, der Abteilungsleiter. Aber auch er sprach sehr allgemein, dass Mitică sich nicht einfügte, er sei ein Einzelgänger, dass man so nicht leben könnte, dass…

Zur Verteidigung Mitićas sprach niemand.

„Haben Sie etwas zu sagen?" fragte ihn Berberescu.

„Nein", Mitică schüttelte den Kopf.

„Aber tut es dir wenigstens leid?" beharrte der Abgeordnete von der Zentrale. „Begreifst du wenigstens, dass du einen Fehler begangen hast?"

„Nein, das verstehe ich nicht."

„Du Dummkopf", flüsterte ihm jemand zu, „wäre es so schlimm gewesen, wenn du zugibst, dass du etwas falsch gemacht hast, und dass du es bereust?"

„Die Sache ist mir ziemlich unklar", zog Berberescu Bilanz. „Leon Dumitru, darf ich dir ein paar Fragen stellen?"

„Ja, natürlich", antwortete Voicu zuvorkommend.

„Hör mal, mein Lieber… erstens, na… ich kenne die Situation nicht sehr gut, aber mir ist etwas aufgefallen, dort auf dem Feld… also, wie ist denn dort das soziale Umfeld?"

„Ich weiß nicht", antwortet Mitică.

„Ich möchte sagen", erklärte Berberescu, „überall, wo es menschliche Ansiedlungen gibt, gibt es auch eine Organisationsform. Auch die Tiere leben in Rudel, in Herden. Es gibt eine Art von Autorität."

„Ich weiß nicht."

„So geht es nicht, mein Lieber. Du selbst hast von einem Briefträger gesprochen, von einem Postamt, wo man die Fundsachen abgibt, die dann nach einem Monat dort verbraucht werden, was ja eigentlich nicht ganz korrekt ist. Wenn es schon Beamte gibt…"

„Ich weiß nicht."

Berberescu zuckte die Schultern.

„So kommen wir nicht weiter", erklärte er. „Was sagen die anderen dazu?"

Schweigen. Alle schauten ins Leere, wie abwesend.

„Sollen wir zur Abstimmung kommen?" fragte Berberescu.

„Ja", stimmte Voicu sofort zu.

„Gut, wer ist dafür, dass Dumitru gemaßregelt wird?"

Im Raum wurde es lebendig und es entstand Unruhe. Jeder schaute zum anderen. Jeder wollte sehen, was sein Kollege macht. Nur die aus dem Präsidium hoben die Hand, Berberescu, Voicu und Max.

„Also", bestand Berberescu, „wer dafür ist, dass Leon Dumitru verwarnt wird, soll die Hand heben."

Völlige Ruhe trat ein. Leere Blicke, abweisende Gesichter.

„Also zählen wir", sagte Max. Die linke Hand hielt er weiterhin nach oben, als Ja-Stimme, mit der rechten begann er zu zählen: „eins, zwei". Sich selbst zählte er nicht mit, obwohl seine Hand noch immer erhoben war, „also, zwei dafür." Dann ganz schnell: „wer ist dagegen?"

Berberescu und Voicu ließen die Hand sinken.

„Ich bin dagegen!" hörte man die zarte Stimme von Ica, und das Mädchen hob die Hand.

„Eine Gegenstimme", stellte Max fest. „Wer enthält sich?"

Keine Bewegung.

„Also der ganze Rest enthält sich", stellte Max eilig fest. „Also es sieht so aus: zwei Stimmen dafür, eine dagegen, der Rest enthält sich."

Berberescu warf Voicu einen verständnislosen Blick zu.

„Hat noch jemand etwas vor Sitzungsschluss dazu zu sagen? Egal in welcher Hinsicht. Nein? Ich erkläre die Sitzung für geschlossen"

„Bravo! Bravo!" wurde den Rest des Tages auf dem Flur kommentiert. „Ausgezeichnet! Wie sich die Dinge so drehen! Voicu muss jetzt toben vor Wut! Er kann nichts dagegen tun, es war die Meinung der Allgemeinheit. Er hat sich lächerlich gemacht mit dieser Sitzung. Hör mal, zwei Stimmen! Die von der Zentrale werden schäumen vor Wut. Mitică ist doch unser Kollege, wir hätten ihn denen ja nicht einfach ausliefern können! Wir haben ihn verteidigt, oder?"

„Nein", unterbrach ihn Ica kurz, „Du hast dich enthalten."

„Lasst mich aus der Sache heraus", sagte eine Frau aus einem anderen Büro. „Ich habe mich enthalten, weil ich das Problem überhaupt nicht kenne, und von der Diskussion in der Sitzung habe ich rein gar nichts verstanden. Wie soll ich meine Zustimmung geben für etwas, wo ich nicht einmal weiß, was er getan hat. Und dagegen kann ich auch nicht sein, wenn ich nicht weiß, worum es sich handelt. Also ist es doch klar, dass ich mich enthalte."

„Ihr seid alle jämmerliche Feiglinge", wurde Ica wütend. „Ich hätte nie geglaubt, dass ihr so feige seid! Wie bitte?! Ihr kennt das Problem nicht? Ihr kennt es sehr wohl!" Keine Menschenseele ist in dieser Abteilung, die nicht weiß, worum es geht. Ihr hättet wenigstens bis zum Ende schweinisch sein und gegen ihn stimmen müssen, aber ihr habt vor seinen Blicken Angst gehabt. Er bleibt unter uns, und ihr müsst ihn täglich sehen. Ihr habt Angst vor Mitică gehabt!"

„Ich bitte dich! Mit welchem Recht sprichst du so mit uns?"

„Lass sie in Ruhe, das Mädchen hat Recht. Was soll das ganze Hin und Her, dass wir gute Kollegen sind. Wären wir wirklich gute Kollegen gewesen, hätten wir alle dagegen gestimmt."

„Schluss mit der Diskussion", sagte Max, „gut, dass es wenigstens so ist."

„Es ist gar nicht gut", hörte man eine Stimme im Hintergrund. „Dieses Enthalten ist so gut wie nichts. Hätten wir alle dagegen gestimmt, hätte er eine Verwarnung bekommen, er hätte es ertragen müssen, er hätte sich über uns geärgert, hätte uns für Schweine gehalten, aber er wäre nur damit davongekommen, die Zentrale wäre zufrieden gewesen, und unser Voicu auch. Oder? Und das wäre viel eleganter gewesen, wir hätten uns auf seine Seite gestellt mit all seinen Frauen, von denen er nachts immer träumt. Das wäre im Protokoll vermerkt worden, und Mitică hätte niemand mehr belangen können. Aber so haben wir ihnen Mitică ausgeliefert, jetzt können sie mit ihm alles machen, was sie wollen. Wir, wir haben uns enthalten, uns ist es vollkommen gleichgültig, was mit ihm geschehen wird, wir enthalten uns. Sie können Mitică an die Wand stellen, wir enthalten uns, so eine Sauerei! Hätten wir wenigstens gegen ihn gestimmt, wäre er durch uns zum Märtyrer geworden, er ist doch unser Kollege, oder? Er soll von unserer Hand sterben, oder?"

Die Kollegen räumten schon ihre Sachen zusammen und wollten weg gehen.

„Übertreibst du nicht?"

Kurz vor Arbeitsschluss erschien Voicu im Büro und durchquerte den ganzen Raum. Er murmelte etwas, fragte nach jemandem, schaute sich um, und dann wandte er sich im Weggehen an Mitică:

„Leon Dumitru, wäre es möglich, dass du heute Nacht Wachdienst machst?" Dann brachte er eine Art Erklärung hervor, warum es notwendig war, eine Änderung im Dienstplan vorzunehmen. „Na, was sagst du?"

„Natürlich", murmelte die pessimistische Stimme aus dem Hintergrund, „das ist das erste Zeichen, dass sie ihn fertig machen wollen."

„Ja", antwortete Mitică.

„Ist euch das nicht klar?" rief Ica, nachdem Voicu gegangen war. „Sie wollen ihn nicht zu Hause schlafen lassen. Noch mehr, sie wollen ihn heute Nacht überhaupt nicht schlafen lassen."

„Auf jeden Fall können wir jetzt nichts mehr tun", sagte Max. „Wir werden sehen, was noch passiert."

Am nächsten Morgen übergab Mitică den Dienst und berichtete dem Abteilungsleiter Voicu, dass in seiner Schicht nichts Besonderes geschehen war. Normalerweise hätte Mitică jetzt einen freien Tag gehabt, aber Voicu hielt ihn auf:

„Mitică, würdest du noch ein bisschen bleiben. Du kannst an einem anderen Tag frei nehmen. Es ist möglich, dass ich dich noch brauche."

Und Mitică ging nicht nach Hause. Nach einer halben Stunden hing am Anschlagbrett der Abteilung folgende Notiz mit dem Tagesdatum:

DIENSTANWEISUNG an Leon Dumitru

Hiermit wird Leon Dumitru folgende Anordnung zur Kenntnis gebracht:

Was die Formulare betrifft, die Leon Dumitru ausgefüllt hat, alles wird angenommen entsprechend seiner Aussage, aber

ohne Park mit kurz geschnittenem Rasen und Wegen mit weißen, kleinen Steinen,

ohne Säulen aus weißem, geschliffenen Stein,

ohne Bänke aus weißem, geschliffenen Stein,

ohne Becken von kleinem Ausmaß aus weißem, geschliffenen Stein,

ohne unterirdischer Leitung mit unbestimmter Lage,

ohne den Fluss Mehadia in unbekannter Entfernung, unbekannt auch die Maßeinheit der Entfernung.

Inkrafttreten beginnend mit heutigem Datum, unterzeichnet Abteilungsleiter Voicu.

Den ganzen Tag herrschte im Büro bedrückende Stille. Niemand kicherte, niemand unterhielt sich. Um die Mittagszeit weinte Ica länger als eine halbe Stunde, dann beruhigte sie sich wieder. Mitică blieb die ganze Zeit an seinem Schreibtisch, unbeweglich, versteinert, ohne zu arbeiten, auch ohne Schach zu spielen. Er schaute unbestimmt ins Leere, seine Schultern waren herabgefallen, ganz in sich zusammen gesunken. Sein Gesicht war aschfahl, als wäre er krank. Einige Kollegen wollten ihn nach Hause bringen, aber Max hielt sie auf:

„Lasst ihn in Frieden. Ihr könnt ihm jetzt sowieso nicht helfen."

„Das wird vergehen", sagte Voicu im Weggehen zu seinen Mitarbeitern, „es muss vergehen. Er wird ein paar Tage leiden, dann wird er sich mit der neuen Situation abfinden. Jeder von uns muss sich anpassen."

„Er scheint sehr angeschlagen". meinte Elvira Stan. „Gab es wirklich keine andere Lösung?"

„Wie?!" antwortet Voicu irritiert, „finde Du doch eine bessere Lösung."

„Ich, wieso ich? Der Abteilungsleiter entscheidet."

Am Abend konnte Mitică nur schwer Schlaf finden, obwohl er zwei Tage und eine Nacht durchwacht hatte. Er träumte sich wieder auf die Feldwege zwischen das Getreide, aber so sehr er auch den Kopf drehte und wandte, gelang es ihm nicht, etwas Anderes als Felder zu sehen. Ohne jegliche Hoffnung ging er suchend weiter. Irgendwo in der Ferne flog in großer Höhe ein Flugzeug, dann hörte man das Geräusch eines Zuges und den Motor eines Autobusses. Er ging weiter vor und zurück, hin und her, dann drehte er sich wieder. Und bis zum Morgen, bis zum Erwachen, konnte er keine Ruhe finden.

Am nächsten Tag war er im Dienst wie gerädert. Alle Kollegen sahen es, aber keiner hatte den Mut, ihn anzusprechen. Irgendwann betrat Voicu das Büro, sprach mit dem einen oder anderen, und als er an Mitičăs Schreibtisch vorbeiging, fragte er ihn:

„Wie geht's?"

Mitică wandte ihm ein müdes, fahles, hohlwangiges Gesicht zu.

„Ich", flüsterte er, „ich werde… für mich ist es zu Ende. Ohne… es hat keinen Sinn mehr. Es bedeutete alles für mich."

„Sag nicht so was, Mitică. Alles wird gut werden."

Mitică schüttelte den Kopf.

„So was darfst du nicht sagen, Mitică. Du weißt genau, dass du dir das Leben nicht nehmen darfst! Du weißt, dass es verboten ist. Du hast selbst unterschrieben, dass du davon Kenntnis genommen hast…"

„Ich habe zur Kenntnis genommen", Mitică sprach leise, langsam, als quälte er sich jedes Wort ab, „dass jede Gewalttat verboten ist, die das Leben auslöschen könnte. Ich aber unternehme nichts dazu. Ich werde…" Mitică fiel es sichtlich schwer weiter zu sprechen, „ich werde mich immer mehr aufgeben, ständig weiter zurück schreiten, Stückchen für Stückchen, bis alles zu Ende ist."

„Was?" Voicu brüllte fast. „So etwas zu wollen, ist ausdrücklich verboten."

„Aber ich will es ja nicht", Mitică wehrte sich nicht. „Es geschieht einfach so. Eigentlich hat es schon begonnen…"

Voicu nahm ihn nicht ernst, genau wie die anderen. Aber nach zwei weiteren Tagen sah man es schon ganz deutlich, dass etwas mit Mitică geschah. Etwas hatte sich in ihm verflüchtigt. Seine Bewegungen waren verlangsamt, er sprach kaum noch. Voicu versuchte Panik zu unterdrücken.

„Es kann nichts geschehen. Er isst alles, was man ihm gibt, darum kümmere ich mich persönlich. Er schläft acht Stunden, er geht zu Fuß nach Hause und zum Dienst. Ich habe ihm stärkende Vitamine gegeben."

„Siehst du nicht, wie er aussieht?" unterbrach ihn Elvira Stan.

„Aber, wenn er wirklich stirbt", meinte Gheorghe, „wirst du schon sehen, was los ist, die von der Zentrale werden uns ganz schön triezen."

Sie haben einen Arzt gerufen. Mitică ließ sich untersuchen, ohne zu protestieren.

„Vom medizinischen Standpunkt aus ist alles normal, aber er sieht sehr schlecht aus. Hat es irgendwie Ärger gegeben? Hat ihm jemand etwas angetan? Offensichtlich hat er einen seelischen Schock gehabt, er ist ganz verstört."

„Ist es möglich, dass…", fragte Lăzărescu.

„Ja, das ist möglich", erklärte der Arzt. „Etwas in ihm ist ge-brochen. Bringt ihn dazu, dass er wieder Lebenskraft gewinnt, das ist die einzige Möglichkeit."

„Absurd", Voicu war wieder irritiert. „So etwas gibt es nicht, es gibt keine Kosmonauten, und so stirbt man nicht. Er hat einen Schock gehabt, das stimmt, aber das wird vorbeigehen."

„Ich wäre da nicht so sicher", sagte der Arzt. „Aber, wenn er doch stirbt", wandte er sich an Voicu, „fliegen Sie sicher raus."

Die nächsten Tage waren ein echter Albtraum für die ganze Abteilung. Mitică bewegte sich stundenlang nicht. Er antwortete auf Fragen, ganz langsam jedoch, aß alles, was man ihm brach-te, lauter gute Sachen, aber sobald man ihn in Ruhe ließ, sank er weiter in sich zusammen. Man konnte es im Büro kaum noch aushalten, man hatte Mitică immer vor Augen. Und außerdem kamen die Kollegen aus den anderen Büros, fast wie Pilger, sie wollten ihn sehen und nachfragen. „Sollten wir nicht etwas tun?" fragte jemand. „Könnten wir nicht auch eine Sitzung einberufen und zur Diskussion stellen, ob man ihm nicht die Frauen wieder zurück geben kann? Hör mal, mir ist es egal, ob man mir die Be-förderung streicht, sie können mir ruhig den Urlaub im November geben, nur will ich ihn nicht mehr so sehen. Das tut mir weh, Mensch, ich kann nachts nicht mehr schlafen."

„Vielleicht müssten wir die Zentrale benachrichtigen. Weiß die Zentrale Bescheid?"

„Es gibt keine Kosmonauten und es gibt keinen solchen Blödsinn", verteidigte Voicu seine Stellung. Mitică trotzt uns jetzt. Er hat gesehen, dass wir uns Sorgen machen, und er will uns erpressen."

„Ich kann dieses Büro nicht mehr betreten". erklärte Elvira Stan. „Niemand dort arbeitet mehr in so einem Durcheinander. Entweder stellen wir für Mitică alles wieder her, oder wir bringen ihn weg von hier ins Krankenhaus. Er ist krank, er ist wie er ist… Man kann nicht mehr arbeiten, die Leute sind am Ende ihrer Nerven!"

Aber Voicu gab nicht nach.

„Das geht nicht. Wie könnten wir das tun? Unsere ganze Autorität wäre zum Teufel. Das hieße, jeder könnte mit uns machen, was er will. Und von hier lasse ich ihn nicht weg, er gehört zu uns, er bleibt hier bei uns. Und sterben kann er nicht, das ist ja verboten, er hat ja selbst unterschreiben…"

Ica fing an, bei den Kollegen Geld für Blumenkränze und Kerzen zu sammeln.

„Er wird am Freitag sterben, um die Mittagszeit", erklärte sie, „er hat es mir gesagt."

„Ich gebe dir das Geld", sagten sogar die Geizigsten, „aber ich will von nichts wissen. Ich habe nichts gesehen, ich weiß nichts, ich kenne dich nicht. Pass auf, dass Voicu nichts von den Kerzen erfährt, der macht uns noch die Hölle heiß." Dennoch kam Voicu alles gleich zu Ohren.

„Das glaube ich nicht", wollte er nicht nachgeben.

„Mitică geht es ganz schlecht", verkündete Elvira Stan noch einmal.

„Was? Wie? Wieso? Sein Gewicht ist normal, er hat kein bisschen abgenommen. Sein Puls ist normal, das Blutbild ist normal, er hat Stuhlgang, was wollt ihr mehr?!"

„Schau dir doch mal sein Gesicht an", meinte Gheorghe, „Heute hat er sich überhaupt nicht bewegt."

Die Tür des Führungsbüros ging auf und Max trat ein. Er schloss die Türe hinter sich und ging auf Voicu zu.

„Mitică ist tot", sagte er. „Er hat keinen Puls mehr, und er atmet nicht mehr. Ich habe ihm einen Spiegel vor dem Mund vorgehalten, und der beschlägt nicht mehr. Das ist eine sichere Methode."

„Die Leute sind nervös, geh jetzt nicht ins Büro", empfahl Gheorghe Voicu. „Lass uns gehen."

Mitică saß noch an seinem Schreibtisch. Man sah bereits auf den ersten Blick, dass er tot war. Er wirkte farblos, wie eine Puppe. Die offenen Augen blickten leer. Sein Körper war verkrampft, als hätte er im Sterben eine letzte Anstrengung unternommen.

„Jemand soll ihm die Augen schließen."

„Ich wage es nicht, ihn zu berühren."

„Ich halte es nicht mehr aus, ich habe den Eindruck, er schaut auf mich."

„Ja, warum sollte er nicht auf dich schauen? Er schaut uns alle an. Wir sind schuld."

„Was habe ich mit ihm zu tun gehabt? Ich weiß gar nicht …"

„Wirklich?"

Einige Frauen fingen an zu weinen.

„Hätten wir wirklich nichts für ihn tun können?"

„Macht Platz!"

Voicu verließ sein Büro nicht. Die anderen aus der Abteilungsleitung sagten nichts dazu. Im Büro kam es zu einem unbeschreiblichen Gedränge. Nach einer weiteren halben Stunde hängten die Männer eine Tür aus und legten sie über zwei Schreibtische, wie eine Totenbahre. Die Frauen weinten, sie hatten feuchte Augen und schnäuzten sich.

„Wir wollen ihn aufbahren."

Sie nahmen Mitică an Schultern und Beinen und legten ihn auf die Tür. Schon kamen die ersten Mädchen mit Blumen zurück. Mitică hatte man die Arme über der Brust gekreuzt, und rings um den Kopf hatte man Kerzen aufgestellt.

„Was macht ihr eigentlich hier?" wagte Elvira Stan zu fragen.

„Kann ihm nicht jemand die Augen schließen?"

„Ich habe es versucht, aber sie bleiben nicht zu."

„Dann bedeckt ihm das Gesicht. Ich kann es nicht ertragen…"

„Schau einfach nicht hin."

„Was macht ihr hier?" fragte Elvira Stan erneut. „Wir müssen melden, dass hier ein Toter liegt, hier ist keine Kapelle."

„Wir halten hier die Totenwache", antwortete Max, der sich auch mit den Blumen und den Kerzen beschäftigte. „Er ist doch unser Kollege. Sollen wir ihn etwa auf den Flur schieben oder in den Keller? Da gibt es ein freies Zimmer. Oder sollen wir ihn vielleicht in die Toilette schließen?"

Voicu erschien auch im Büro, aber er sagte nichts. Der Raum war von Blumenduft und Kerzen erfüllt, Frauen weinten. Beruhigte sich eine, fing eine andere an.

„Das ist unglaublich, ich kann es nicht fassen…"

„Der Arme."

„Wie wir uns auch verhalten haben…"

Während dessen lag Mitică auf der Tür zwischen zwei Schreibtischen, die Arme über der Brust gekreuzt, immer noch mit offenen Augen. Da kamen immer mehr Blumen und hüllten ihn mit ihrem Duft ein. Dann war alles arrangiert, die Leute hatten sich etwas beruhigt, einige Kollegen hatten sich in andere Büros zurück gezogen, manche saßen, andere standen herum. Alle schwiegen und schauten den Toten an.

Es war still, niemand flüsterte, keiner bewegte sich, die Kerzen knisterten, der Geruch von verbranntem Wachs mischte sich mit dem Duft der Blumen und machte die Luft im Raum schwer.

Dann, irgendwann, sprach Voicu, er sprach langsam, mit leiser Stimme:

„Es könnte sein, dass einige denken… hier geht es nicht um Beschuldigen oder Entschuldigen. Sicher, wir wissen alle, warum Mitică… die ganze Sache hat nicht bei uns angefangen, aber wir haben sie weitergeführt. Dennoch muss ich die Zentrale anrufen und Bescheid sagen. Wir werden jetzt eine Schweigeminute abhalten, er war ja schließlich unser Kollege, dann werde ich telefonieren."

Die Tür zum Büro war halb geöffnet. Durch den Spalt konnte man für einen kurzen Augenblick eine Gestalt sehen, die sich sofort wieder zurückzog. Vom Flur her war ein leises Geräusch zu hören, wie das Platschen von nackten Füßen.

„Was war das?"

Dann bewegte sich wieder etwas im Türrahmen. Voicu wollte hingehen, aber genau in diesem Moment wurde die Tür aufgerissen und eine Gruppe von nackten Mädchen betrat den Raum, weiß wie Gespenster. Zuerst traten drei oder vier ein, dann weitere und weitere. Schüchtern und schweigsam, mit gesenktem Kopf, als schämten sie sich, ihr Gesicht zu zeigen, nass, das Wasser lief an ihnen herunter und bildete Pfützen auf dem Boden. Sie gingen auf die Tür zu, auf der Mitică aufgebahrt lag. Sie schlängelten sich zwischen den Leuten aus dem Büro durch, als hätten sie Angst, jemanden zu berühren. Sie hatten die Arme vor der Brust gehalten und bewegten sich nur auf Zehenspitzen.

Die Anwesenden im Büro verstummten und schauten bewegungslos zu, wie die nackten, tropfenden Mädchen vorbeigingen. Alle waren hereingekommen und sammelten sich um die Türbahre. Sie schoben ihre kleinen Hände unter das Holz und hoben vorsichtig die Tür von den beiden Schreibtischen hoch. Mit schnellen Bewegungen formierten sie sich und trugen die Tür, auf der Mitică lag, zum Ausgang.

Alle Leute gingen ihnen aus dem Weg, niemand sagte ein Wort, keiner bewegte sich. Die nackten Mädchen hatten

Schwierigkeiten, durch die Tür zu kommen. Sie mussten die improvisierte Bahre ein wenig neigen und hielten Mitică mit den Händen fest, damit er nicht herunterrutschte.

Während sie die Bahre durch den engen Flur bewegten, konnte man noch kurz die nassen Locken sehen, die nassen Schultern und die nassen Schenkel, dann hörte man nur noch das Platschen von nackten Füßen auf dem Boden. Dann… hörte man nichts mehr. Es war still. Der Blumenduft und der Geruch von verbrannten Kerzen hing noch einige Zeit im Raum. Es blieb völlige Ruhe zurück. Iancu, der junge Mann mit dem großen Schnurrbart, der versucht hatte, Mitică zu verteidigen, bückte sich und berührte mit dem Finger eine der Pfützen, die auf dem Boden zurückgeblieben waren. Er roch daran, probierte mit der Zunge, als könne er seinen Augen nicht trauen.

„Wasser", sagte er, „Wasser von diesem Fluss – der Fluss Mehadia."